穿越童話國

1

賣火姑娘遇上賣火柴的女孩

梁望峯

目錄

第一章　好灰啊！.........................5

第二章　遇上賣火柴的女孩...........14

第三章　餵魚的王子.....................25

第四章　姐妹情深.........................44

第五章　迴旋處.............................63

第六章　聖誕舞會 73

第七章　燃續夢想 91

第八章　偽裝的王先生 104

最終章　玻璃鞋粉碎了 129

第一章

好灰啊！

很久很久以前，在一個名叫「童話國」的城鎮內，住着一個富有之家。

漂亮又高貴的大姐嘉欣和二姐柏芝，走出屋子的後花園喝下午茶，她們見到蹲在水池旁邊，用牙刷努力拭擦着水池邊污跡的仙貝，一唱一和的説：

「好灰啊！好灰啊！」

「見到她已經倒胃口了！嘿！」

「阿灰，快滾回柴房裏！不要污染我們又大又明亮的眼睛！」

被兩個姐姐驅趕，仙貝正想回到自己居住的柴房休息一下，睡到日上三竿、正好走出

花園準備用茶點的後母，卻喊住了她。

「阿灰，你快去打水，我今晚要浸泡泡浴！」

一聽到母親準備浸浴，兩姐妹不約而同的説：「我們也要浸浴！阿灰，你要打滿三個浴缸的水！」

仙貝連聲答應，拿着兩個大木桶便出發了，當她辛辛苦苦的在湖裏舀滿三個浴缸份量的水回家，又要馬不停蹄的用柴枝燒水，準備好各人的美容浴。後母和姐姐們則在客廳的大沙發上，敷着美白抗皺的面膜，她們看起來像三隻白面鬼！

當仙貝已經累得支持不住了，但一天的重頭戲還未正式開始呢，緊接着的就是做飯時間！

　　仙貝一個人在灶頭前，不停做着大姐嘉欣愛吃的波士頓龍蝦拌沙律、二姐柏芝最愛吃的日本和牛漢堡，還有後母每天要吃的養顏血燕，滿滿一桌，卻從來沒有吃的份兒。

　　後母總是告訴她：「阿灰，你的死鬼父親，臨死前吩咐我要好好照料你，所以你必須少吃

一點，時刻保持着苗條的身材，將來才有機會嫁出去啊！」

　　大姐嘉欣則在一旁插嘴説：「我們的下午茶吃剩那麼多，足夠做你的晚餐吧？」

　　所以，仙貝每天也只能獨自躲在廚房內，吃三人剩下的麵包和西餅，運氣好的更有她們吃不完的**馬卡龍甜餅**。雖然如此，經過一整天的打掃、煮飯、洗衣服、斬柴、打水等的粗重家務後，她已經餓到肚子咕咕叫，吃甚麼也覺得津津有味。

　　晚上，把所有碗碟洗好後，仙貝一天最期待的時刻到了！

　　事緣是父親去世後，仙貝由身嬌肉貴的大小姐，變成了**全能女僕**。一天到晚工作，

滿身滿面都是灰塵，衣服也是破破爛爛的她，讓後母和兩個姐姐愈來愈看不順眼。

後母一邊看着電視上的美容節目，一邊把一個沙漏倒轉，讓上面的沙往下流，對仙貝說：「沙漏完了，我就會去廁所踢門，你有 5 分鐘時間洗澡！」

後母又說另一規例：「為了節約用水，你只能用一個木桶的水來洗澡！」

「一個木桶？」

「還有，為了鍛煉你有更好的體魄，一年四季也要用凍水洗澡！」

「凍水？」仙貝滿額也是冷汗。

「我們這一家非常民主，若不滿意，你大可出聲啊！」後母盯着扁嘴的仙貝說：「要不是，我們也可一人一票投選：A，在家中，

用五分鐘時間洗澡；B，跳下尼斯湖，不限時間洗澡；C，等到下次下雨時，淋雨當作洗澡。」

　　所以，仙貝在選無可選之下，只好繼續逼着每天用一個沙漏的時間洗澡了。

　　仙貝每日用車輪腳衝進廁所，要盡用這 5 分鐘沖洗好。

　　天氣很寒冷，用冷水洗澡，簡直凍到**入心入肺**。但她慢慢習慣了，甚至極有可

能因此鍛煉了更好的體魄哩！

　　每一個深夜，仙貝也拖着疲憊的身軀，返回柴房休息。在黑暗得沒一扇窗的柴房裏，她想念着已過世的爸爸，也思念着未曾見過一面的媽媽。

　　説起來，仙貝的身世好像一張由 A+ 降到 C- 的成績表。

　　親生母親在仙貝一出生便死去了，只留下她和父親相依為命。父親把她奉為**掌上明珠**，總是給她最好的。

　　後來，父親娶了新太太。這位後母帶着兩個女兒一同住進大屋來。新婚兩年後，父親因急性肺炎去世，後母順理成章成了大宅的主人，將本來屬於仙貝的睡房分給女兒，把仙貝丟到後花園的柴房去了。

　　一天到晚做家務的她，總是油頭垢面，大家都稱她「阿灰」！被人叫慣了，久而久之，她也叫自己做阿灰了。

　　～**好灰啊**！

　　她取笑一下自己，然後，躺到柴房的一堆柴枝和雜物旁邊，才躺了下來，兩腳一直，累得只剩半條人命的她，秒速就睡着了。

第二章
遇上賣火柴的女孩

　　下午五時，服侍完大姐和二姐用下午茶後，仙貝馬上要趕去超級市場。

　　後母每天只給仙貝十個銀幣做買餸錢，在百物騰貴的童話國裏，節省得一蚊就一蚊，所以她總是瞄準特價時段才出動，無論買豬肉、菜心、魚柳，甚麼都會砍價。

　　超市內非常熱鬧，仙貝瞧見一個個師奶在拉筋、踢腿、倒立、掌上壓、一字馬等，她也不敢怠慢，連忙做拱橋熱身，準備很快便開始的……**廝殺遊戲**！

　　踏正五時三十分，一眾虎視眈眈的師奶

們，瞧見凍肉貨架上「全部貨品半價發售！割喉中！」的燈箱一亮起，就像喪屍兵團般你推我撞的一擁而上，幾個內功不夠深厚的師奶，慘被撞飛開去。經驗老到的仙貝，憑着側着身子令自己變紙板人的絕技，在師奶與師奶的夾縫間穿插往來，很快跑到貨架前，一手搶到了兩包美國安格斯牛肉。

然後，她左走右衝，買到半價啤梨和巨峰提子，又買了半價的燒腩仔，再買到半價的青瓜和西蘭花。

仙貝沾沾自喜，這一天撿到了很多平貨，總算是滿

載而歸了啊！

　　正要走去付賬，路過賤賣區，即以原價一折出售已過期或超級劣質的貨品區。她見到一個像營養不良、衣衫襤褸的瘦弱小女孩，正努力想擠去貨架，但貨架前的幾個霸氣十足的肥師奶，肩貼着肩的組成堅固人牆，讓其他顧客寸步難近。

　　──這時候，**一件慘事發生了**！

　　只見拿着一包 5 公斤大米的肥師奶轉過身準備離開，由

於她見不到身高只到她腰間的小女孩，就撞正小女孩額角。瘦小的她像風箏似的撞飛開去，跌倒在地上。

仙貝馬上跑前察看小女孩的情況，她給撞得頭暈眼花，好一陣子才清醒，望清楚慰問她的大姐姐，除了一雙黑白分明的大眼睛，她整張臉也是啡黑色的，就像剛剛被墨魚汁噴過那樣。

仙貝扶小女孩站起身來，但她腳步浮浮的，實在叫人放心不下，仙貝熱心地說：「不如，我送你回家吧。」

小女孩告訴仙貝，她家住 深水寶 區。深水寶是童話國最貧窮的一個地區，距離超市約十分鐘路程，那裏有很多住戶的木屋，都是自己搭建而成的。仙貝記得在報紙看過，有一

次打八號風球時，有幾間木屋被吹走了，至於屋內的人是否隨着屋子一飛沖天，就不得而知了。

無論如何，深水寶的居民都活在水深火熱裏吧！

仙貝攙扶着小女孩回家，兩人同行，這才留意到她腳下

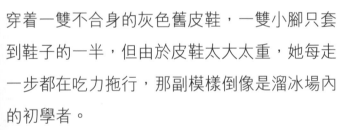

穿着一雙不合身的灰色舊皮鞋，一雙小腳只套到鞋子的一半，但由於皮鞋太大太重，她每走一步都在吃力拖行，那副模樣倒像是溜冰場內的初學者。

仙貝猜想，那該是她父親不要的舊鞋吧？她居然沒有一雙屬於自己的鞋子，這叫仙貝對她感到憐惜。

仙貝問：「對啊，你叫甚麼名字？」

「我叫小柴。」

「我叫仙貝，你也可以叫我阿灰。」

「阿灰？」

仙貝用食指在自己的臉孔前轉一圈，開自己玩笑：「我經常來不及洗臉，整天都像污糟貓，所以，我的兩個姐姐都喊我阿灰。」

「我才不要學她們，我叫你仙貝姐姐。」

仙貝心頭一陣暖，愉快地說：「太好了，我已有很久沒聽過自己的名字了！」

小柴領仙貝走進深水寶一條昏暗的小巷子中，**兩道黑影**忽然在仙貝腳前快速跑過，原來是兩頭賽跑中的老鼠，每一隻的身形也巨型得

像貓，讓仙貝嚇了一大跳。小柴倒是氣定神閒的，就像出街會見到鄰居般平常。

小柴走到一間看似隨時會倒塌的木屋，屋內殘舊簡陋，一眼見盡。一邊有灶頭和一張用來吃飯的桌子，另一邊有着大小兩張睡床。最古怪的是屋子有一邊牆，鋪滿幾十個紙箱，一個個疊起，疊到屋頂般高，箱子外都貼着「火柴」的標誌。

仙貝奇怪地問：「小柴，你家裏怎會有那麼多火柴？」

「本來，我爸爸開火柴廠，但由於長年虧蝕，火柴廠倒閉了，爸爸只好把廠內銷不去的貨物拿回家存放。我每天也會拿着火柴出街兜售，希望可幫補家計。」

「那麼，一天可賣出多少？」

「八至十盒吧。」

仙貝替她擔心，認真地提醒着說：「小柴，你千萬要小心！火柴是**易燃品**，你的家簡直就像個**軍火庫**！」

「知道了，希望有一天，我會把所有火柴售完！」

仙貝看看那少說有幾十箱子，她心算一下，要售完所有火柴，大概需要 400 年。但她不想打擊這個小女孩，只是一味鼓勵地笑，「好的，祝你快點⋯⋯逃離火坑！」

仙貝見小柴買的兩棵開始發霉的菜，連一塊肉也沒有，也難怪她會營養不良啊。仙貝忍心不下，借故地說：「對了，第一次見面，我要送你一份禮物。」她把一包美國安格斯牛扒遞給她。

　　小柴嚇壞了，「太貴重了，我不能接受啊！」她用力搖着小腦袋，不肯伸手出來。

　　仙貝靈機一觸，「那麼，我們交換禮物，你也送我一份見面禮好了。」

　　小柴很汗顏，「但是……我可沒有甚麼禮物可給你。」

　　「我要一盒火柴。」

　　「可是，一盒火柴不值甚麼錢啦。」

　　「禮物可不是用價錢來衡量，最重要的是，付出了想令對方快樂的心意啊。」

　　兩人高高興興交換了禮物。

　　兩人談得很愉快，仙貝真想留下來繼續談天說地，但由於要趕着回家煮飯，只好依依不捨道別。

「再見，仙貝姐姐！」

「再見，小柴妹妹！」

仙貝踏着輕快的腳步回家，她拿出那個小小的火柴盒，搖晃着裏面的火柴枝，發出了好像**交響樂**般好聽的聲音。

第三章

餵魚的王子

這一天，去超市購物之前，仙貝帶着一堆後母和兩個姐姐吃剩而有營養的的食物到了尼斯湖餵魚。

當她蹲在湖邊，一把聲音從身後響起。

「你在做甚麼？」

仙貝吃了一驚，一個少年已走到她身邊來，跟她用同一個姿勢蹲下來。他側着頭看她，打量着她的臉。

「你烏卒卒的，剛逃離火場嗎？」

「不啦，我只是……很久沒洗澡！」

「哈哈，我也懶得洗澡！試過三天才洗一次澡！」

　　仙貝真佩服這個少年，「我跟你正好相反，我很喜歡洗澡，試過一天洗三次澡！」

　　「可是，你說自己很久沒洗澡了？」

　　「因為……」仙貝不知該如何解釋，那是比一疋布還要長的故事，更令她聯想到家裏還有很多衣服未洗哩！她只能簡單地說：「我每天只能用一個水桶的水洗澡。」

　　少年喃喃說：「唔，應該是水喉出問題吧？我會請全國的水喉匠做渠務改善工程。」

　　仙貝聽不明白：「甚麼？」

　　「沒甚麼……每個住在童話國的居民，也有責任為社會出一分力！」

　　仙貝讚許的點點頭，這個年紀與她相若的少年，看來人品不錯。她把盛着食物的環保袋放到她和少年之間，「我在餵魚，你要不要

一起餵？」

　　少年見一個個焗得 香噴噴 的麵包，他説：「這些麵包看起來很好吃！」

　　「所有麵包，都是由我親自烘焙的。」

　　他很驚訝，垂涎三尺 的説：「真的嗎？那麼好的東西也用來餵魚嗎？可不可以請我吃一個？」

　　仙貝想了一想，向湖邊聚集徘徊着的魚抬抬下巴的說：「不可以，因為，你不可以打尖啊！」

　　少年看到一條條把頭伸出水面、正緊張等待食物的大魚小魚，他也明白自己要守規則，更不該以大欺小。他擦擦雙手笑了，「那好吧！我們一起把牠們餵得肥肥白白！」

　　兩人就這樣蹲在湖邊，把麵包撕開成小塊，拋給游過來的魚，後來，聚集的魚愈來愈多，更來了幾隻烏龜和兩隻黑白天鵝。夕陽照耀在恍如鏡子般的湖面上，冬日的夕陽暖光打在他們身上，把他倆身影拉得長長的，形成一幅優美的圖畫。

　　其實，少年就是童話國的王子，但由於皇宮的生活太苦悶了，他總會跟他的健身教

練兼好朋友衛小寶偷偷溜出城堡，走到鎮上遊蕩。

　　活像生活在「仙界」的他，親自走到「人間」去體察市民遭遇的問題，他總會向從不踏出城堡半步、根本不知世界發生何事的大臣偷偷獻計。因此，才有了長者乘馬車優惠和全民派五百個銀幣的這些惠民措施。

　　當所有食物派發完畢，魚兒、烏龜和黑白天鵝也一哄而散了，仙貝和王子才剛站直身子，兩個男人匆匆走過來。他們都戴着口罩，一個印着 Hello Kitty 圖案，另一個則是美少女戰士，兩人手上都各拿着一把豬肉刀！

　　「現在打劫！快舉起雙手，拿出銀包來！」

王子問：「到底要我們舉起雙手，還是拿出銀包？不可能同時做吧？你來示範一下！」

Hello Kitty 不耐煩，「這不是咬文嚼字的時候！難道你就不懂得隨機應變的嗎？」

「你們知不知道我是誰？」王子指着自己的鼻子説。

「我管得你是王子！」Hello Kitty 用他沒有嘴巴的口説：「快拿出身上所有銀幣來！」

王子只得坦白：「我從來不帶銀幣出街，請問你們收信用卡嗎？」王子隨即從衣袋裏取出一張金卡。

兩個賊面面相覷，Hello Kitty 説：「你為甚麼被打劫也如此不認真？」美少女戰士在

旁喝道：「不要再説廢話！我們可不客氣！」

　　賊人**粗聲粗氣**，嚇倒王子，他拉着仙貝的衣袖説：「你快想想辦法！」

　　仙貝也很害怕，但為了保護身邊這個「弱者」，她不得不挺身而出：「我身上只有十個銀幣，那是我今天的買菜錢了，你們要就拿去！」

　　「**十個銀幣？**」Hello Kitty 在口罩上的眼球都幾乎掉出來。他慘叫：「我們冒着坐牢的危險，只劫到十個銀幣？」

　　王子插口：「如果你們要多搶一點，何不考慮打劫銀行呢？」

　　「大人做事，不用小孩教導！」

　　美少女戰士怒吼一聲，王子嚇一跳的縮去仙貝身後了。

Hello Kitty 萬般無奈地望向仙貝：「算了，就給我十個銀幣吧！多謝合作！」

仙貝只好從小銀包裏騰出十個銀幣來，但她又捨不得，手伸到一半又縮手，精打細算地說：「可以打半價嗎？要是我買不到餸菜回家，我的後母一定會打死我！」

「天啊！我做錯甚麼事了？」Hello Kitty 仰天怒吼：「你就不怕我們把你拋入湖中餵鱷魚嗎？」

當 Hello Kitty 正要向兩人伸出魔掌，一道黑影忽然閃電而至，一下走到兩賊身後，抓起他們的後衣領，將他們拋落河中。兩聲慘叫之後，就是噗通兩聲的清脆落水巨響。

仙貝定睛看清楚眼前人，是一身農民裝的少年，他的前臂超巨大，參加健美先生選舉

該會得獎的。少年喘着氣對仙貝身旁的王子說：「很抱歉！我剛才排隊買限量版模型，才遲了回來，讓王——」

王子即時打斷他的話，擠眉弄眼的示意說：「王先生！」

少年唯有硬生生的改口說：「讓王先生受驚了！」

「沒關係，你做得好，最重要是替我買到模型！我在皇⋯⋯王家大宅內實在太苦悶了！」王子高高興興轉向仙貝，替兩人介紹：「這是我的健身教練衛小寶，也是我最好的朋友！」

　　這時候，在河中**載浮載沉**的 Hello Kitty 和美少女戰士向岸上求援，王子和衛小寶顯得愛理不理的。仙貝實在不忍心，替他倆求情：「他們喝了不少湖水，也算得上是受了懲罰，下次不敢再犯的了，我們救起他們吧！」

　　王子非常樂意把兩個笨賊當作**鱷魚**的點心，但他也明白這個女孩生性善良，他命令衛小寶救起他們。

　　濕透的二人獲救了，被衛小寶嚴厲訓斥中，仙貝想到甚麼似的笑了。

王子問：「你在笑甚麼？」

她笑着對王子說：「**英雄救美**的故事，都是假的吧！」

王子一陣**尷尬**。

其實，他從沒試過挺身而出，應該說，他從沒有機會挺身而出。在皇宮，就算只有一隻蚊想攻擊他，都馬上會有一隊士兵擋在他面前，組成防蚊網，替他擋駕一切。

當然，他也不肯承認自己**膽小如鼠**，只好硬着頭皮說：「我可沒說過自己是**英雄**啊！」

「沒關係的啦，現在**男女平等**，女孩子也可以保護男孩子。」

王子聽到她的話，揚起了眉頭，對她另眼相看。

　　衛小寶打發了兩個笨賊，匆匆忙忙地走到王子面前，對他說：「王……王先生，我們該回家了。」

　　王子的神情非常無奈，「我們可不可以去戲院多看一套戲才回去啊？」

　　「王先生，你家裏也有個**私人影院**啊！」

　　「那種感覺完全不同的吧！」

　　仙貝聽到衛小寶的話，吃驚地問：「不是吧？你家裏有私人影院？」

　　王子和衛小寶互看一眼，能言善辯的衛小寶說：「王先生總愛自私地獨霸着電視機看電影，所以，我們總是笑稱他有個『私人影院』。」

　　仙貝哦一聲，她對王子說：「看電影，

當然要坐在很多觀眾的電影院內，吃着焦糖爆谷飲着冰凍汽水，跟大家一同隨着劇情大笑大哭啊！」

這句話説到王子心裏去，他用力點頭認同。

衛小寶又提示：「王先生，時間不早，我們真的真的要馬上起程了！」

王子也知道玩得太晚了。他趁國王去了野外打獵，溜出城堡遊蕩，要是國王回來發現兒子不見了，大興問罪之下，可能會連累衛小寶被殺頭的啊！

王子不捨的對仙貝説：「跟你一同餵魚很開心！我要先走一步啦，再見！」

仙貝也有點不捨，她愉快的説：「跟你一起遇劫也很驚險！我也要去買餸了，再

39

見！」

　　兩人笑着揮手道別，在湖邊的小徑前**分道揚鑣**。

　　王子和衛小寶一同走在黃昏大道，王子回味的說：「那個女孩真有意思！」

　　「王子請小心！**世途險惡**，你要小心被騙財騙色啊！」

　　「她不是那種人。」

　　「你倆只見過二十分鐘左右，你怎麼知道？」

　　「因為，她餵魚的時候，**真心真意**笑了起來。」

　　衛小寶揚起一邊眉，看看嘴角浮起微笑的王子，他決定回宮後要跟腦科醫生報告一下。

就在這時候，王子突然想起甚麼，他轉過身子看看小徑，但少女已經不見了。他無奈地說：「哎呀！我居然忘記問她的名字啊！」

「王子，有緣的話，你們一定會再遇上的。」

王子微笑着說：「是啊，會重遇的。」

晚上，在童話國的皇宮裏，國王和王子坐在那張同時可容納三十人用餐的長桌上吃晚飯，桌上有很多上乘的佳餚，王子卻吃不下嚥。

　　因為，國王剛告訴兒子，他要替他舉辦兩場**舞會**，希望他物色到心儀對象。國王甚至已擬好了舞會日期，第一場舞會在聖誕節舉行，第二場舞會則在除夕夜。

　　正咬着芝士焗龍蝦的王子，顯得**悶悶不樂**，他終於明白一句來自民間的話：「吃龍肉也無味！」原來就是這個意思了。

　　然而，王子卻對國王說：「算了，舉辦舞會也好，皇宮內已經很久沒試過熱鬧了！」

　　對啊，每年大時大節，身在山頂城堡內的王子，總會**倍感寂寞**。要數熱鬧，已經是兩年前「冰雪國」的愛莎女皇親善來訪，父親安排了三天三夜的節目和精彩表演宴客，讓他樂了一陣子。

　　國王聽見兒子答應辦舞會的事，顯得非

常高興。

「但是，我要事先聲明。」王子倒是老實地說：「我只是愛**熱鬧**，不一定找到喜歡的對象，你千萬別強迫我隨便選一個啊！」

國王會心微笑起來，「對了，我馬上公佈舞會的消息，你對出席的來賓有甚麼要求？」

「**隨便啦！**」

「這可不能隨便，否則，她們穿着睡衣或泳衣前來皇宮，又成何體統？」國王說：「這樣吧，我們邀請全國所有成年女士，唯一的要求，就是*必須穿着禮服*出席。」

王子隨便的說沒問題啊，其實，他只希望有人陪伴他度過全年最孤單的兩個節日。

第四章

姐妹情深

王子要在皇宮舉行舞會這個好消息，很快傳遍整個童話國，整個城鎮的女子都開始秘密練兵，務求以最佳狀態出現以博取王子的歡心。

後母遞給仙貝一張**地獄減肥清單**，要她盡快買回來。大姐嘉欣搶過清單一看，不禁給嚇壞了。

①減肥消脂丸(加強版)
②一百盒酸乳酪
③五十個紅菜頭
④三十條香蕉
⑤嘔吐袋二十個

大姐嘉欣問：「為甚麼要嘔吐袋？」

後母說：「我知道你們一定會偷吃零食。一旦給我發現，我要你們在我面前扣喉，把吃下的一切都吐出來，以作懲戒！」

後母鄭重地說：「距離舞會只有兩個星期，從今天起，你們每天要做三小時運動。不准吃任何肉類，每天只可以飲由青蘋果、青椒、青瓜、苦瓜和芹菜打成的五青汁，一天飲三次，每次兩公升！」

大姐嘉欣聽到已受不了，她尖叫出來：「媽媽，你是不是想收買人命？」

二姐柏芝當然不放過任何挖苦的機會：「媽媽，你腰間的肥肉都擠出來了，站着時該也看不見自己的一雙腳了吧？你也該加入地獄訓練！嘿！」

　　嘉欣聽見柏芝如此**活靈活現**的恥笑，她也一同邪惡地咔咔笑起來。後母生氣了，一拍餐桌，讓桌上所有物件都跳一跳，兩姐妹即時噤聲。

　　「我苦心栽培你們，就是為了這個**千載難逢**的機會！你們的將來要嫁入皇宮當王妃的！若是今次得不到王子垂青，就枉費我十多年的心血了！」

　　仙貝一直站在一邊聽着後母的「**軍訓**」，她心裏在想，不用煮肉、熬湯、製作蛋糕和燒串燒，工作量該可減輕不少，她暗笑了起來。

　　後母忽然用銳利的目光射向仙貝，「阿灰，你笑甚麼？你也要跟着清單減肥！」

　　仙貝一陣高興：「我也可以去舞會嗎？」

　　後母對仙貝的問題避而不答，她只是説：

「總之，你們每人也要減肥十磅以上！」

二姐柏芝狡猾地說：「母親是兒女的榜樣，所以，媽媽，我們誠邀你一同參與這個地獄特訓！嘿！」

後母受不了女兒的冷嘲熱諷，她逞強地說：「沒問題，減肥是女人的終身事業，我也來一起訓練就好了！」

可怕的地獄訓練，就這樣開始了。

沒想到，更可怕的是，整個童話國的少女們，都在進行地獄特訓！

可想而知，超市的五折平價肉類無人問津。反而，賣水果蔬菜的貨架，不用特價都早已空空如也。

　　仙貝走了多家超市才買齊五青汁的材料，在回家途中，看見前面有個面熟的人，見她向途人伸出火柴盒的小手，她就知道是小柴。

　　仙貝見**小柴努力兜售火柴**，但途人都在她身邊直行直過，當她透明。

　　「仙貝姐姐，你怎麼在這裏？」

　　「我住這一區。」

　　小柴很驚訝，縱橫區是童話國最繁華的地區，住在這區的**非富則貴**。

　　「你今天的生意如何？」

　　「兜售了半天，只賣了 2.2 盒。」

　　仙貝愕然地說：「賣了兩盒我明

48

白，但那 0.2 盒又從何而來？」

「一盒火柴有五十枝，有一位老伯伯只要十枝，付給我五分一的售價。」

數口精明的仙貝失笑起來，「那麼，那盒只剩下四十枝火柴，不就作廢了嗎？」

小柴這才想到自己做了傻事，無奈地說：「本來，我滿以為這一區有很多有錢人出沒，應該比較容易賣出火柴，沒想到反應那麼差。而且，很多人議價，還要一砍價就**了折**起，真是前所未見啊。」

「妹妹你太年輕了。」仙貝笑着說：「有錢人不一定出手**闊綽**，也許，就是精打細算，或者斤斤計較，他們才能夠累積財富，變成有錢人啊！」

小柴長知識了，「原來是這樣啊。」

　　仙貝不忍她失望，勉勵說：「只不過，既富有又同時擁有愛心的人也真不少，你一定會幸運遇上。」

　　這時候，小柴的肚子**咕嚕咕嚕**的亂響，她連忙用手掩着空腹，不想讓仙貝聽到，仙貝因她的孩子氣而笑了。

　　看看這裏離家只有短短三分鐘路，仙貝突發奇想的說：「要是不介意，我想請你到我家作客，吃我親手做的**小茶點**。」

　　小柴很高興，但想到甚麼便搖了搖頭，拉一拉自己破爛的衣袖，擔憂地說：「但我穿成這樣——」

　　仙貝指指自己的*灰頭灰臉*，笑着說：「不就配對了嗎？」

　　這是仙貝首次邀請朋友到她家裏作客，

她既高興又興奮。領着小柴到了那幢兩層高的豪宅，小柴給嚇到**心膽俱裂**。仙貝小心翼翼的領她繞到後花園，路過一個錦鯉池和一處看來像吃下午茶的地方，這裏有粉紅色太陽傘和粉紅色餐桌椅，再走過一堆種植得很茂盛的花草，就到了花園暗角的一間小木屋去。

仙貝大方地說：「我就是住這間柴房。」

走進柴房裏，在日光白白的這一刻，沒有一扇窗的小房間仍是非常**昏暗殘破**，她大可想像在入夜後，這裏一定像個黑箱，伸手不見五指吧！

這時候，仙貝興致勃勃的在房間的一個儲物箱中拿出一盤西餅來，兩人就面對面的盤膝坐在地上，即席開一個小小的下午茶派對。

小柴看着一個個精緻得像藝術品的西餅，

隨即拿起一個咬一口，瞪大雙眼說：「仙貝姐姐，這些西餅都是你做的嗎？實在太美味了！我從未嚐過如此好味的西餅！」

　　仙貝給讚得飄飄然，她沾沾自喜地說：「這叫拿破崙蛋糕，是我姐姐指定我做的，有多層酥皮和吉士醬，花了許多心機做的啦，沒想到她們要為了王子舉行的舞會作地獄式減肥，所以剩下了很多，只得我一個人偷偷

在吃。」

「仙貝姐姐，**你不去舞會嗎？**」

「有機會的話，我當然想去啊。但我也不準備取悅王子，所以不用減肥吧。」仙貝想到甚麼便笑了起來，「皇宮只規定要穿禮服出席，沒有規定肥胖不可進入啊！」

小柴**不禁咋舌**，仙貝姐姐身上可沒一點長肉的地方呢！

兩人不知不覺談到家裏的事，小柴喜孜孜的告訴仙貝，他父親是個喜歡發明新事物的人，雖然火柴廠倒閉了，但他一直沒有放棄自己，現正在一間發明公司工作，生活該會慢慢好起來。爸爸也答應她，待工作上了軌道，小柴就不用再賣火柴，可以去學校上學，也可以給她學習她最有興趣的鋼琴。

　　仙貝真心替她高興。

　　雖然，這樣說好像不禮貌，但由於把仙貝姐姐當作朋友，她不得不問了藏在心裏的問題：「仙貝姐姐，這屋子那麼大，為甚麼你會住在柴房內？」

　　仙貝嘆口氣，把自己的身世告訴了小柴，小柴聽得**眼泛淚光**。她看看整個柴房，居然沒一張床。只是在房中一角的地上，鋪了一張膠桌布，就已是她睡覺的地方。

　　小柴看得想哭，「沒有一張床，你不會不舒服嗎？」

　　仙貝安慰小柴也安慰她自己：「其實，有沒有一張床也沒關係，我一張開眼就開始工作，躺下來已累得**失去知覺**，馬上就熟睡，睡在哪裏已不重要了。」

　　小柴只好苦笑一下，雖然如此，她還是替仙貝姐姐難過。

　　她的家很貧窮，但她總算也有一張小小的床。她真的沒想過，姐姐的家很富有，但她竟連床也沒一張。

　　仙貝見小柴不開心，她揮了揮手，用女孩子說秘密的語氣跟她悄悄地說：「對啊，別說不開心的事了，我告訴你一件**秘密**吧。」

　　小柴高興地說：「好的，我們來說秘密。」

　　「爸爸去世前，送給我的最後一份**禮物**，是向珠寶公司打造的一雙鞋。他說我長大後參加舞會，這對鞋一定會大派用場。」仙貝邊說邊從一堆砍柴用具之下，找出一個箱子來，從箱裏掏出一雙**冰藍色的玻璃高跟鞋**來。

　　晶瑩通透、呈現冰藍半透明的玻璃鞋，在昏暗的柴房內發出了異樣光芒，讓小柴看呆了。

　　「可以穿着爸爸送我的玻璃鞋去舞會，我真的很高興。」仙貝對小柴説：「過多幾年，當你也可以參加舞會，我們一起結伴去玩！」

　　小柴**雙眼發光**，高興地説：「好啊，我們一同努力，有甚麼好事壞事都在一起吧！」

　　「要是我們其中有那一個氣餒了，另一個就要鼓勵對方！」

　　「一言為定！」

　　兩人伸出手掌 give me five，在半

空拍了一下，彼此相視笑了。

就在這時候，門外忽然傳來大姐嘉欣的叫喊：「阿灰，你在裏面嗎？」

聽到大姐呼喊，仙貝頓時手忙腳亂，她不敢讓她們知道有訪客前來，慌忙大聲應道：「我馬上出來！」

她轉向小柴說：「我要去工作了。」

「我也要繼續去賣火柴了。」小柴壓低聲音：「你快去，我看清楚外面無人時，就會小心翼翼的離開。」

「你太體諒我了。」

仙貝跑出柴房，大姐正用一副生氣的神情乾瞪着她，她連忙關上柴房的門。

「阿灰，你在柴房內偷懶是不是？」

「我只是……做運動。」

「哼，你想做運動嗎？現在機會來了！」

然後，大姐把仙貝抓去衣帽間。這個房間本來就是她的睡房，現在已變成大姐和二姐的衣帽間了。

大姐從衣櫃內拿出一套雪白禮服，對她說：「這件晚禮服，全部給我釘上銀色珠片，我要在舞會裏閃亮亮的！」

仙貝真搞不懂她的審美眼光，但她好意地提醒一下，「大姐，整件禮服貼滿銀色珠片，會令你看起來像鐵甲人。」

「我有問你意見嗎？」大姐嘉欣喝停她：「你是妒忌吧？照我的話做就是了！」

仙貝只好不作聲了，她逐塊珠片的用針線縫上，真是好一個訓練眼力的運動啊。用了足足兩個小時，終於把一襲禮服縫好了。

　　當她老眼昏花，想返回柴房休息，二姐柏芝又拉住她，又把她重新捉到衣帽間內。

　　「阿灰，替我改一套晚禮服，我要胸前有一個大大的 V 字型，我要成為全場最性感的一個！嘿！」

　　經大姐一役，仙貝這次不敢多嘴，又改了整整兩小時。

　　兩姊妹穿起改裝過的晚裝，在大屋內「行天橋」。她倆在客廳打了個照面，終於見到對方的「戰衣」。

　　二姐柏芝説：「你這一身鐵甲人的造型，大可出發去打怪獸了！嘿！」

　　大姐嘉欣説：「你也不遑多讓啊！很謙虛地把自己的優點隱藏，讓自己盡情地自暴其短！」

　　後母看到兩個女兒，當堂呆住了。她震怒地説：「你們要去參加聖誕舞會，不是盂蘭盛會啊！」

　　兩人一同閉上嘴巴，後母命令仙貝把兩套晚裝改回原狀，這又花去了她幾個小時。終於，到可以返回柴房時，她全身好像散掉了似的。

走進漆黑的房間，仙貝忽然感覺到有甚麼不同了。她摸到小柴送給她的火柴盒，燃起一枝火柴看看，火舌燃亮了四周，讓仙貝看呆了。

只見**亂糟糟**的柴房，已經**煥然一新**。

沒想到，小柴動手替她做了家務。本來砍柴後，隨便拋在一旁的柴枝，已呈三角形整齊的排列在一角，讓柴房騰出了很多空間。地板也抹過了，她彷彿嗅到漂白水和消毒藥水混合的殘留氣味。

而令她最震撼的是，在她原來躺着睡的地板一角，小柴拿了一堆砍得形狀相若的柴枝，一枝枝豎立起來，用麻繩束成一個長方形，在柴枝上攤平放了一堆稻草，在上面鋪回

了原來仙貝用來睡覺的膠桌布，替她做了一張小矮床。

仙貝難以置信的走到那張小床坐下，沒想到小柴架得非常**紮實**，完全沒有塌下來的危險。她平躺了下來，感覺到些柔軟彈性，就像她曾經睡過的床褥。

她感動到淚眼**矇矓**，環顧這個增添了無限溫暖的柴房，她笑罵着說：「傻妹，真服了你！」

仙貝心裏有種感覺，小柴就像她失散了的妹妹，她會好好**珍惜這段友情**。

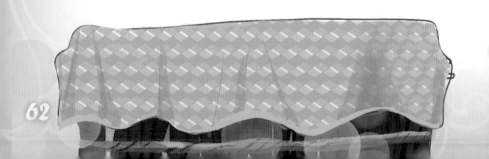

第五章

迴旋處

　　快到一年一度的聖誕節，幾年才會來一次的馬戲嘉年華，終於又回到童話國來。

　　這一天，王子和衛小寶又偷走去嘉年華好好玩一下。當然，王子大可請父王把整個嘉年華封閉一天，讓他一個人去玩，但他可不想這樣「**安心出行**」，他喜歡聽到人們的笑聲和此起彼落的歡呼聲。

　　王子和衛小寶真是多年好友了，兩人玩着場內那些驚險的**機動遊戲**，身材健碩的衛小寶實則**膽小如鼠**，他慘叫連連，王子為着自己整蠱了他而**嘻嘻大笑**。

　　兩人一手咬着棉花糖、一手拿着剛才在

彩虹池贏到的獎品離開嘉年華，王子回味那個像在半空瘋狂打轉、活像滾筒洗衣機的機動遊戲，衛小寶聽到就想再嘔一次。當兩人走到一家模型店的櫥窗前觀看最新推出的模型，一輛馬車飛奔駛過，車輪碰到路邊的大泥坑，濺起了路邊的泥濘，全噴到王子身上去。

「王子，你看這個 Iron Man 的 figure！」當衛小寶的視線從櫥窗轉向王子，只見身旁的王子突然變了個泥人，甚至連他手中的棉花糖也變成泥漿糖、拿着的小白熊獎品也變了灰熊。衛小寶驚嚇得跳後一點五米，大喝一聲：「何方妖孽！走開！」

「你別玩啦！我中招了！」王子一開口，就有泥水從他嘴邊溢出。

見慣世面的他，此刻也六神無主，只

能對王子說：「你等我五分鐘，我買一套新衣服和一盒消毒紙巾給你！」然後，他急急跑去購物了。

前一秒鐘仍是高高興興的王子，站着不是坐也不是，只有**萬般無奈**的等着衛小寶回來。

這時候，仙貝正好步出超市，她一轉過街角，瞧見地上坐着個**垂頭喪氣**的流浪漢，滿身滿頭也是泥濘，他腳邊更有一個像從金字塔盜墓出來的灰熊公仔……他會不會是**憶子成狂**的癡漢？

她覺得他太可憐了，把剛才在超市找贖的一個銀子，放在灰熊的肚子上，希望他可以買一個麵包充飢。

王子發現有人竟把他當作行乞，生氣地

站起身來，拿着銀幣叫住那個穿灰色長裙的女子，「喂喂喂！我像乞丐嗎？」

仙貝轉過頭來，王子怔住了，他失聲地喊：「是你？」

「你是──」

「跟你一起餵魚和遇劫的王……先生！」

仙貝隱約地從少年的輪廓把他辨認出來，她記得他告訴過她，他三天才洗一次澡。她呀一聲的叫：「咦？你這次有三十天沒洗澡了嗎？」

王子真的覺得自己太不幸了，每次見到她，都會如此狼狽。上次遇上打劫，讓他像一頭縮頭烏龜的躲在她身後。這次更活像個乞丐，讓他不知從何說起，只能搖搖頭說：

「唉，此事一言難盡。」一堆泥從他頭髮掉下來，那可不是髮泥。

仙貝看看面前的王先生，也明白很多事一言難盡。

「沒關係啦。」仙貝卻不加深究，只是體諒的說：「我爸爸總是提醒我：『走到最壞的田地，就會見到迴旋處，讓你折回好的地方去。』」

王子想到自己在那個好壞分界的迴旋處，很快可以換過新衣服和洗個舒服的澡，還真有點安慰。他欣賞地說：「世伯真是一個有智慧的好人。」

仙貝有點傷感的說：「可惜，他死得很早啊。」

王子靜默一刻，搖搖頭微笑，「每個人

從出生的一刻便注定**難逃一死**，時間長短不重要啦，重要的是他留下了甚麼。」

「那我爸爸留下了甚麼呢？」

「留下了善良的你。」

王子打開了手掌，掌心上有一枚銀幣。

仙貝不好意思笑了，王子也笑起來了。

這時候，衛小寶像**疾風**一樣的衝回來，王子見他兩手空空，不滿地問：「寶寶，你不是替我買新衣服嗎？」

衛小寶好像跑了十公里**馬拉松**，他上氣不接下氣的，喘着氣説：「來不及了，我們

馬上要離開啊！」他看看在王子身旁的仙貝，神情很是**訝異**，只好避重就輕地說：「我在路上聽到剛落山的村民的對話，你父親今日獵不到野豬，非常生氣的提早回家，所以，我們必須比他更快回到家中！」

王子也**方寸大亂**，他滿以為時間充裕，正準備換過乾淨衣服後，繼續去玩夾公仔機。看來，今次趕不及回家，何止衛小寶要殺頭，連他自己的豬頭都保不住哩！

他只好向仙貝告辭：「對不起，我又要先走了。」

仙貝聳聳肩，「不要緊，我也要回家煮飯了。」

王子只好隨衛小寶離開，走了兩步，仙貝卻喊住了他：「嗯，差點忘記了，這個給

你。」

　　她追上來，從環保袋裏拿出了一個東西，快速交到他手上去。

　　「這是甚麼啊？」

　　「上一次，你說要吃我做的麵包，這是送你的。」

　　王子真正呆住了，「可是，你不知道我倆會在何時再碰上的啊。」

　　「所以，我每天也帶一個，準備再碰上你時，可以馬上交給你。」

　　王子用骯髒的雙手拿着麵包的包裝紙，

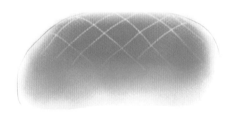

真心真意地説：「謝謝你，你真好！」

衛小寶看着二人**喁喁細語**，即使不想打擾，但也無法不插嘴：「王先生，這是生死時速，我們要趕路啦！」

「記得洗手才吃。」仙貝笑。

「知道了。」

王子和衛小寶走了一段路，王子突然想到甚麼的轉過身去，但路上已不見了她。

王子慘叫一聲：「我又忘記問她名字了！」

趁着仙貝買餸去，後母推開柴房的門。這是她踏足這大屋以來，首次走進柴房內。

她被自製的地獄減肥計劃累慘了，連續一星期飲五青汁，令她肚餓到受不了，新陳代

謝減慢的她，根本無法跟兩個女兒爭一日之長短。由於她把全屋的食物清空了，只好試試看仙貝有沒有私藏食物，準備即時沒收**中飽私囊**。

　　她在柴房內搜尋一遍，沒發現到食物，卻給她找到了一雙由知名珠寶店製作的**玻璃鞋**。

　　後母想過把鞋子充公，但一屋也是名貴珠寶，多一雙玻璃鞋也沒意義。她只是看出了仙貝爸爸買這一雙鞋子給仙貝的意圖。

　　她掀起一邊嘴角說：「你很想去舞會吧？既然你滿心期望，我只好讓你**徹底絕望**了！」

　　然後，她把玻璃鞋放回原位，完全不動聲息的走出了柴房。

第六章

聖誕舞會

聖誕節晚上，天文台發出了霜凍天氣警告。

在這個**普天同慶**的日子，小柴爸爸發生了悲慘的事，他被辭退了。

在實驗室從事發明工作的他，與同事共同成功研發出一種新科技產品，可是，就在發佈新發明的前夕，實驗室主管卻將所有員工解僱，獨攬所有功勞。

小柴爸爸失掉工作，也被扼殺了發明的成績，更悲痛的是所信非人，令他一下子一無所有。

心灰意冷的他，只好**借酒消愁**。

當他跌跌撞撞的回到家中，已經醉了大半。他打開門，卻見到小柴一副笑臉迎向他，對他愉快地説：「爸爸，聖誕快樂！」

本來，準備買一份小小的聖誕禮物送給女兒，但他已完全忘了此事。他沒有向小柴回以笑容，反而厭惡地説：「你為甚麼在家中？你不是該在街上賣火柴的嗎？」

小柴忙然地回應：「爸爸，是你叫我晚上別賣火柴啊。」

他好像這樣吩咐過，只因夜晚的街上特別危險。但失業的他，又回到貧窮世界去了。他走到那堆裝滿火柴盒、永遠賣不完的紙箱前，生氣地把堆積如山的紙箱用手一撥，幾十個火柴盒跌滿一地。

他叱喝道：「我不管，你今晚把這些火

柴全部賣光，否則別回來！」

　　雖然，小柴不知道爸爸發生何事，但她卻知道他的心情壞透了，她俯身拾起滿地的火柴盒，把它們一盒盒放進籃子裏，在單薄的衣服上匆忙加了一件披肩，就走出家門了。

　　這個非常熱鬧的聖誕節，街上卻有着刺骨的**寒冷**，小柴拖着爸爸那雙大鞋子，**舉步維艱**的在街上兜售火柴。街道上人來人往，大家也穿着厚厚的華麗大樓，臉上掛着溫暖笑容，可是，沒有人願意為小柴買一盒火柴。

　　這時，一輛馬車向小柴直衝過去，她剛好來得及

，但甩掉的大鞋子卻被馬車輾過，掉進路邊的污渠，鞋子隨着污水沖走，快得她追不回來。

連有那麼一點點保暖功用的鞋子也失去了，赤腳踏在地上，讓小柴冷上加冷。

每扇窗子都透出溫暖燈光，空氣中也飄着陣陣烤火雞的香味，可是，這些都與她無關。

叫賣了一個多小時，她連一盒火柴也賣不出去。

氣溫好像進一步下降，每呵出一口氣也化成一縷白霧，她顫抖地向前走，實在凍得受不了，只好跌坐到一個巷子的牆角，雙腳縮在一起，望着一整籃的火柴盒，她知道自己今晚是無法回家了。

　　突然之間，她見到在籃子內有一個金光閃閃的火柴盒，跟其他沉色包裝的火柴盒不同，這讓她奇怪極了。爸爸的火柴廠生產的火柴，全都一模一樣，她確定自己沒見過這盒火柴。

　　掏出來一看，只見盒面上寫着「魔幻火柴」。

　　「這是甚麼啊？」

　　小柴忍不住的打開火柴盒，只見裏面每一根火柴棒也是金光閃閃的，眩目得令她着迷。忽然之間，她心裏響起了一把聲音：為何不劃一根火柴來抵抗嚴寒？

　　又凍又餓的小柴，真的抵受不了寒冷了啊，她終於忍不住的劃起了一根，火柴燃出了

小小的火燄，忽然之間，眼前那點小火光突然擴大了，眼前灰暗的巷子消失了，她眼前變成了一個有大暖爐的大屋，鐵火爐內燒得旺盛的火好像都是真的，讓她伸前去的手腳也暖和起來。她忽然嗅到一陣香味，不知哪來的一隻**巨大火雞**，就擺在火爐不遠處烤着，誘人的油香再加上有熱度的火爐，讓她舒服得閉上雙眼在享受。

忽然之間，小柴感到所有熱力和香味消失了，她睜開雙眼，只見火柴棒已燃盡了，她又重回孤單又寒冷的**橫巷牆角**。

太開心了，小柴連忙擦亮了**第二根**魔幻火柴。

眼前變成一個舞台，偌大的舞台中央只放着一台鋼琴。成為鋼琴家，是小柴最大的願

望。她高高興興的走到鋼琴前坐下，摸摸那個黑白相間的琴鍵，然後輕輕按下去，清脆的琴音響遍了整個舞台。有回彈力的琴鍵，好聽的琴音，讓她感覺一切都是那麼實在。她真的太高興了，感覺到自己真像一個鋼琴家。

　　就在這時候，舞台和鋼琴也消失了，她看到地上燒完了的火柴，終於明白發生何事。

　　是的，試了兩次，小柴終於確定，那真是魔幻火柴。她心裏在想甚麼，就會出現在眼前。

　　在這一刻，她最想要甚麼？

　　全身凍得快僵硬的她，劃了一根火柴，在那一點火光前，她許下了最大的心願：

我想再見最疼愛我但已經過世的婆婆。

聖誕節的夜晚，**皇宮的舞會舉行中**。

大姐嘉欣和二姐柏芝首次參加舞會，她們化妝、恤髮、塗甲油等，兩人指點仙貝幫忙，忙了老半天，仙貝根本沒有穿上禮服和裝扮的空檔。

後母和兩個姐姐也已準備就緒，當仙貝正想為出發舞會而作準備，後母卻對她說：「阿灰，你的家務還未做完。」然後，她在雪櫃冰格拿了幾包雜豆，拋到仙貝前面。

「你的二姐最討厭吃紅蘿蔔，你要把所有紅蘿蔔都找出來，才算完成今天的工作，否則，你不准去舞會！」

仙貝聽得**目瞪**

口呆。

「你撿好雜

豆，便穿上我替

你準備好的禮服

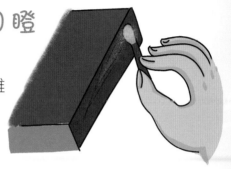

吧！我們先出發，你趕得及便來吧！」後母向

放在後花園下午茶餐桌上一指，仙貝看見一個

大盒子放在餐桌上，她不能說不，唯有答應。

三人離開後，仙貝好不容易才把冰得像

石頭的雜豆解凍，再把紅蘿蔔從粟米和青豆之

中逐粒的撿出，她的手指凍得僵硬，頭髮凍到

一條條的豎起。

終於，做好所有家務，她連忙跑到大盒

子前，見盒子內有一襲黃色的漂亮晚禮服，她

心情興奮的取出，卻發現禮服背後被剪出了幾

個**大洞**，根本無從修補。

　　仙貝連忙跑到本來是她的睡房、現在已改裝成衣帽間的房門，卻發現房門已鎖上了。她本來想向兩個姐姐借一套衣服，卻不得其門而入。

　　沒有禮服，她知道自己無法參加舞會了。

　　當**第三根火柴**的火光一擦亮，在閃爍的火光中，小柴面前的陰暗後巷，頓時變了一幅**雪白無瑕**、恍似無邊無際的**天空之鏡**，一臉溫柔慈愛的婆婆已經在她面前，向她伸出了雙臂。

　　一切疑幻疑真，小柴衝到婆婆面前，撲進她的懷內去。婆婆是有體溫的，她是真的！

「婆婆，我很想念你！」

「小柴，我也很掛念你！」

小柴在婆婆的懷內，生怕她會像豐盛的佳餚和華麗的鋼琴一樣，在火柴一滅就消失無蹤，她提出了一個請求：「婆婆，快帶我離開這個世界吧！我已經不想活下去了！」

「你決定了嗎？」

「決定了！」

婆婆點點頭，用**大手拖起了她的小手**，溫柔地說：「那麼，跟我一同離開吧。」

這個時候，第三根魔幻火柴燒到盡頭，吱一聲熄滅了，與此同時，跌坐在牆角的小柴喘出最後一口氣，無力地垂下頭去。

仙貝穿起了大褸，決定冒着嚴寒出門。

　　滿心頹然的她，想到可以找小柴一同度過聖誕節的啊。所以，她不懼冷鋒毅然出門了。

　　當仙貝走着去小柴家的必經之路，忽然留意到一條陰暗橫巷裏，有個小女孩**蜷縮**在牆角，她連忙跑過去察看，竟發現那是小柴！

　　小柴雙頰紅通通的，嘴角帶着一抹奇怪的微笑，全身僵硬到結冰似的，已無一點氣息。赤腳的她身邊只剩一籃**火柴盒**。

　　仙貝即時把自己手上的大褸脫下，包裹在小柴身上替她保暖，然後，她**咬緊牙關**，把她揹在背上，要送她回家求救。

　　小柴父親酒醉醒後，想到自己無理地把女兒趕出家門，很快**後悔莫及**，他出門到處去尋找，正好碰見揹着小柴的仙貝，兩人趕緊把她抱回家。

　　小柴父親走去找醫生救援，仙貝看着無半點氣息的小柴，她不肯放棄，要喚起小柴的**求生**意志。

　　「我們不是説好了嗎？要是我們那一個氣餒了，另一個就要鼓勵對方！」她不住揉搓着小柴全無血色的冰凍小手，要給她最大的溫暖，「所以，小柴，請你快點醒過來，我們還要**一起努力面對未來**！」

　　小柴本來早已凍僵的小手，正慢慢回復溫暖。

　　當小柴和婆婆一同步向前面無盡的一片白茫茫，小柴輕輕放開了婆婆的手。

　　「婆婆，我不能跟你走。」

　　婆婆轉過身來，彎下身子凝望小柴。

　　小柴心裏想到父親和仙貝姐姐，她臉上浮現出笑容：「雖然，我肚子經常很餓，生活也充滿了艱苦，但同時也擁有**快樂**和**溫暖**，更有放不下的爸爸，也放不下一個對我很好的姐姐。我就這樣**不辭而別**，他們會很傷心的。」

　　「小柴真的長大了，懂得關心別人，更懂得自愛，婆婆為你而驕

傲。」婆婆凝視着小柴，慈祥地微笑說：「不用擔心，我們會再見面的。婆婆會在這裏靜靜等你來，然後，我們永遠快樂地在一起。」

　　小柴安心下來，她知道自己和婆婆終會再見的，但這還不是最適當的時候。

　　「婆婆，我不捨得你！」

　　「小柴，我也不捨得你！」

　　兩婆孫緊緊地相擁，婆婆首先放開了小柴，「好了，快回去吧，有人在等着你。」然後，她用一隻手掌在小柴臉上輕輕一抹，小柴舒服地閉起眼笑了。

　　全無氣息的小柴，突然長長的呼出一口氣，**重新睜開眼**。只見自己躺的睡床上，仙貝正緊緊握着她的手。

　　見小柴終於甦醒，仙貝激動得**喜極而泣**。小柴用虛弱的聲音説：「仙貝姐姐，聖誕快樂。」

　　仙貝把小柴逐漸暖和的手放在自己臉頰上，又哭又笑的説：「沒有比這一個聖誕更快樂了。」

　　經醫生檢查後，診斷出小柴只是受了風寒，身體並無大礙，幸好及時得到保溫，否則後果**不堪設想**。

　　小柴爸爸流着喜悦的眼淚，向小柴説對不起，他答應小柴不會**自暴自棄**，一定會重新振作起來。小柴笑着説她最相信爸爸的了。

　　雖然，一切**疑幻疑真**，但小柴還是告訴了爸爸和仙貝姐姐發生在她身上的事，滿以

為兩人會取笑她**胡思亂想**，沒料到爸爸拿起那個金色的火柴盒，一臉略有所思。

「我大概知道發生甚麼事了。」他說：「幾年前，有一個住在魔幻國的朋友來探訪我，送我這盒魔幻火柴做手信。他說火柴裏有魔法，我滿以為他只是說笑而已，就把火柴隨便放到一角去。」

小柴驚訝不已，定一定神想起一個生意來：「我們可以去魔幻國購貨，然後向童話國市民販賣這種可替人達成心願的**魔幻火柴**，一定會有很多人願意購買的啊！」

「千萬別這樣做，魔幻國是最恐怖的國家！」小柴爸爸不住地搖頭。

仙貝聽得奇怪，「我聽爸爸說，鬼影國才是最恐怖的。」

　　小柴爸爸用非常篤定的語氣説：「不，沒有任何地方比魔幻國更恐怖！我只去過一次，差點無法回來，以後也不敢再去了。你們要緊記，有生之年也千萬不要踏足那裏啊！」

　　説着説着，他不禁打了一個**哆嗦**，再看看手中那盒魔幻火柴，眼神透出了恐懼的説：「這盒火柴不要了，**太危險了！**」他把火柴盒拋進垃圾桶內去了。

第七章

燃續夢想

聖誕舞會完結了，王子更加**悶悶不樂**。

因為，回想舞會那一夜，簡直是一場災禍！

舞會舉行前，由於前來的女賓客實在太多，城堡外塞滿了馬車，由山上連綿地排到山腰，由於遲遲無法進入城堡，大家也在**鼓譟**，更引發**罵戰**，聲音之大，讓身在城堡的王子也聽到了，那些潑婦罵街的對話中更夾雜着大量粗口，令王子也感到臉紅，他命令士兵把講粗口的女子全部趕走，外面的馬車瞬間少了一半。

　　舞會開始了，王子走出宴會廳來，幾千個早已**虎視眈眈**的女子馬上衝向他。有的故意鬆踭撞人，有的踩人鞋跟，人人未走近王子，便已化作**滾地葫蘆**，而就算滾地的女子也不要別人得逞，居然在地上猛拉別人後腿。現場混亂過街市。士兵們連忙擋在王子面前，像防蚊網一樣的保護他。

　　終於，有一大群「倖存」的女子衝到士兵組成的人牆前，她們每一個人也伸長了手臂在咆哮，塗了血紅色指甲的五指在亂抓，活像一大群殺到埋身的**喪屍**，嚇得王子即時封關。

　　——沒有落閘放狗，也算得上是**仁至義盡**了吧！

　　所以，滿以為會很熱鬧的舞會，變了一

場世紀大災難，也讓他見識到**美女「變」野獸**，最後只好草草收場。

王子想過向國王提議取消第二次舞會，又生怕父親**龍顏大怒**，所以，只好悶悶接受了安排。

舉行**第二次舞會**的日子到了。

除夕這天，大姐和二姐一如之前指點仙貝幫忙，忙了老半天，仙貝根本沒有穿上禮服和裝扮的空檔。

這次後母又對仙貝說：「阿灰，你的家務還未做完。」然後，她又在雪櫃冰格把幾包的雜豆拋到仙貝前面。

駭！又要挑紅蘿蔔嗎？

「你的大姐愛上吃粟米，你要把所有粟

米從雜豆中找出來，再把每一顆雕成星星形狀，才算得上完成今天的工作，否則，你不准去舞會！」

仙貝聽得目瞪口呆。

後母還拿出一套高貴的紅色禮服來，在仙貝面前將衣服前後展示一下，真的沒一個破洞啊！

半信半疑的仙貝只好又答應要做好家務。

三人離開後，仙貝好不容易才完成做好所有家務。她連忙跑去取出那一襲紅色的漂亮禮服，卻發現前後面也全無問題的衣服，中間卻用強力膠黏住了，根本無法把身子套進去，她又被騙了！

沒有禮服，她知道自己又再次無法參加

舞會了。

失望頂透的仙貝，決定安慰一下自己，她決定如常參加「舞會」。

她拿着兩個大盒子去敲小柴的門。小柴應門，很奇怪地問：「仙貝姐姐，你不是去參加舞會嗎？」

仙貝搖搖頭苦笑了，她揚揚手中的兩個盒子，把一個交到小柴手上。

小柴打開盒子，是一雙漂亮的公主鞋，她驚異得張口結舌，仙貝見到她這個表情就笑了，「小柴妹妹，明天是新的一年，該是換一雙新鞋子的日子啊！」

事實上，從超市第一次見到小柴踩着一雙不相稱的大人鞋，她就決定要送一對新鞋子

給她，這天終於儲滿買鞋的錢，她走進百貨公司爽快地買下。

「仙貝姐姐，謝謝你！」小柴從未收過這麼貴重的一份禮物，她只懂一直瞪大眼。

仙貝從另一個盒子裏提出自己的一雙玻璃鞋，對她眨眨眼的説：「我們開一個二人舞會吧！」

於是，兩個根本不懂跳舞的女孩，就穿起了去舞會的鞋子，嘻嘻哈哈忘形地跳，一個捉着另一個的手在轉圈，另一個又用手托着一個的腰在彎腰獻技，玩得**不亦樂乎**。

到了最後，兩人雙雙跌坐在地上，把後腦倚在小柴床邊，彼此都累壞，有了一刻的靜默。

小柴開口：「仙貝姐姐，你想參加王子

的舞會，對吧？」

　　她低頭看看自己的灰黑的女僕衣服，卻配上一雙玻璃鞋，顯得怪形怪相的。她嘆口氣說：「我沒有禮服啊！」

　　「我有辦法。」小柴從枕頭底下拿出一盒火柴來，竟是那一盒魔幻火柴。她笑着說：「我一直留着這盒魔幻火柴，希望可替你達成心願。」

　　仙貝搖頭苦笑，「可是，劃一枝火柴的時間，不夠去舞會的吧？」

　　小柴卻**信心滿滿**的，「我已想到了辦法，仙貝姐姐，但你相信我嗎？」

　　「**你是我最好的朋友，我相信你。**」

　　小柴講出了一個令仙貝感到非常吃驚的方法：「只要你點燃了第一枝許願的火柴，我便會替你一枝接一枝的燃下去，替你燃續夢想。」小柴一字一字的説：「火柴盒內有 47 枝火柴，每枝火柴可燃燒 3 分鐘，換而言之，你大概有兩個半小時的時間。就由現在計起，只要你在深夜 12 時離開皇宮，馬上趕回來就可以了。」

　　仙貝嘆為觀止，這可不是普通人幻想得到的，仙貝深信小柴也有**發明家**的智慧。

　　小柴猶豫了一刻説：「不知我能否請問

一下──」

「我倆是好朋友，你有甚麼儘管問！」

「你得到了一個願望，為何是希望去參加舞會？為何不去許願：『我希望王子選我做新娘？』」

「因為，不一定因為他是王子，我就會喜歡他啊。」仙貝笑着搖一下頭，「但我想參加那個舞會，感受一下熱鬧，倒是**千真萬確**的啦！」

小柴明白過來了，她祝福着說：「那麼，仙貝姐姐，祝你願望成真！」

「但你千萬要小心，別引起火災！」

小柴笑着答應：「我當然會小心！尤其，我住在**軍火庫**啊！」

仙貝準備就緒，她深呼吸一下，拿出一

枝魔幻火柴，用力一劃，在火光前説出了願望：
「我想開開心心出席王子的舞會。」

　　一縷金光，像龍捲風似的圍繞着仙貝的頭頂，慢慢旋轉下來，就像最先進的美容技術，讓她灰灰的臉變得白皙。當金光旋風劃過她一團糟的女僕衣服時，所到之處就像用3D打印技術，即時編織出色彩鮮豔的禮服。

　　金光螺旋形圍着仙貝一周後消失，她身上已換過一襲蔚藍色的禮服，與她腳上閃爍着冰藍光芒的玻璃鞋互相耀映。

　　小柴還是首次乍見仙貝姐姐真正的臉孔，眼前這個清秀俏麗的女子，令她驚呆不已。她小心接過仙貝手上燃燒着的火柴，對她笑着説：「好好去玩一晚吧！」

　　仙貝步出木屋，門外已停了一架用全玻璃組成的馬車，不見有馬伕但前面有兩匹漂亮的黑色駿馬，雖然**玻璃馬車**看似一踩即碎，但她仍是勇敢地跨上馬車。她一關上車門，兩駿馬便即時**疾步開動**。

　　在木屋內的小柴，聚精會神的守護着火柴枝，她知道這點亮光絕對不能在中途熄滅，這就是她報答仙貝姐姐疼愛的最好方法了！

第八章

偽裝的王先生

　　抵達建築在高山之巔的城堡，仙貝被它的巍峨宏偉嚇壞了。踏下了馬車，兩個侍衛領着她穿進足足有四層樓高的城門，讓仙貝覺得自己像進了巨人國。

　　走進皇宮內，她問侍衛：「請問女廁在哪裏？」她第一件事就是想照照鏡子，看看在魔幻火柴下變身的自己，有沒有走樣。

　　她走進女廁，看看鏡子裏的自己，她臉上的污漬全部不見了，回復乾淨。而且，不知是不是魔幻火柴的特效，她的臉好像加了濾鏡，毛孔更細皮膚更滑，讓她非常開心。

　　就在此時，她突然聽到門外傳來大姐二

姐的聲音，她連忙衝進一個空廁格內，一鎖上門，二人就進女廁了。

大姐嘉欣說：「我向王子搔首弄姿也沒用，換作是別鎮的男子，每一個也甘拜在我裙下！」

二姐柏芝說：「對啊，我那 100,000 伏特的電眼居然也失效，王子只隔著一堆士兵向我一臉無趣地揮揮手，我懷疑他根本不喜歡女人！嘿！」

大姐抱怨的聲音：「不管了，我已經餓了兩星期，既然皇宮不停供應美酒佳餚，我今晚一定要吃個夠本！」

「你想氣死母親嗎？嘿！」

幾分鐘後，大姐和二姐的聲音消失了，仙貝才走出來，當她走向舞會大廳的方向，沒

想到又撞見正朝着女廁走過來的後母。

　　仙貝**心慌意亂**，只好急急折回頭，胡亂繞進一個轉角，走入一條走廊，不想讓後母發現她來了舞會。當她想走回去，卻發現城堡內的每一個轉角和每一條走廊都是同一模樣，簡直就像落入**巨大迷宮**一樣，她知道自己迷路了。

　　她愈走愈心急，但沿路碰不到一個人，心裏愈來愈慌亂了。拐過九曲十三彎，她終於瞧見前面站着一個衣服掛着一條寫着「**親善大使**」彩帶的人，那人正在走廊中間扭腰鬆筋，好像**百無聊賴**。

　　找到救兵，仙貝終於放下心來了。她跑向士兵，拍拍他後肩説：「請問一下，宴會廳怎樣走？」

那個親善大使扭過頭來，滿臉不耐煩的，似乎不怎樣「親」「善」，但仙貝一看他的臉，失聲地喊：「你怎麼在這裏？」

是王先生！

這一次，他沒有滿身泥濘了，身穿粉紅制服和頂着粉紅小童軍帽的他，看起來很有朝氣。他瞪着仙貝，滿臉狐惑地問：「你是誰？我認識你嗎？」

「王先生！我認識你！」

王子聽到王先生這三字，給嚇得心臟病發。

剛才，他在舞會實在悶得捱不下去了，所以偷偷換了親善大使的制服，相約衛小寶在

107

這裏等候，準備一同溜出城堡，喪玩兩小時才回來。今晚皇宮內那麼多人，一定會神不知鬼不覺的。

　　王子一連跳後幾步，把雙眼瞪得老大的，口吃地說：「你……你……你是餵魚的……女孩！你……為何……漂白了？」

　　仙貝摸摸自己的臉龐，她居然忘記了，自己在他面前一直用黑面神的形象出現，現在「還原真相」，兩人「素」未謀面，他根本不認得她！

　　「我只是……」她苦笑說：「剛剛有用洗面膏洗面！」

　　王子瞪視她一身藍色禮服和腳下有一雙非常漂亮的玻璃鞋，「你是前來參加舞會的吧……沒有見到王子嗎？」

「我剛剛才趕到，還未有機會見他一面。」

「見不到也是好事咧……」他喃喃地道。

「為甚麼？」

「那個王子很無趣。」

仙貝把食指放在嘴巴前，做了個靜音的手勢，她環顧四周的說：「嘩，你在皇宮中大聲批評王子，不怕給殺頭嗎？」

「王子也不是凡事也喊打喊殺的。」他很無奈。

仙貝看看他一身粉紅色的制服和醒目的粉紅彩帶，打扮既嬌俏又奇趣，她笑着說：「原來你在皇宮裏做親善大使的啊！那太好了，你可以帶我到宴會廳嗎？」

王子決定不等衛小寶了，意外地重遇了

女孩,他今晚也不想出外遊玩了。當務之急,倒要想想辦法,怎樣不被她發現他的真正身份。

他也不明白,自己為何不想承認他就是王子,但他覺得自己必須那樣做。

「當然可以啊,但舞廳來賓太多,正實施人流管制措施,暫時未能進場啊。」他才不要回到那個喪屍樂園,想辦法拖延:「我是親善大使,不如先帶你遊覽皇宮好嗎?」

仙貝也很雀躍:「好啊,可以參觀皇宮,太難得了!」

王子便帶路了。皇宮像個迷宮,但他矇着雙眼也可行走自如。他帶她離開了開放給來賓的公眾樓層,走上閒人免進的皇室樓層,心想可以避開四處巡邏的侍衛,應該安全得多。

他帶她去自己最常流連的**遊戲室**，滿以為她會玩一些比較斯文的遊戲，譬如玩夾公仔機，沒想到她一見到那個**拗手瓜機**便眼前一亮。她馬上跑到那個模擬大隻仔的機器前，用手掌抓住那個機械手臂的虎口，要跟它鬥一鬥。

王子見她不小心按下高難度的選項，心想她實會被大隻仔扳倒，沒想到她幾秒鐘就扳下大隻仔的手了，她擦擦鼻子說自己每天也要砍柴，令她**手瓜起腱**，看得王子不禁佩服但又心驚驚。

她又拉着王子玩碰碰車，王子不斷左閃右躲，逃避着她的追捕，最後被她迫到去角落，還要連續追撞十幾次。

然後，他們又玩桌上氣墊球機，沒想到

這個遊戲居然是她的弱項，除了被王子成功攻入幾球，到了仙貝發球，又反彈進她自己的龍門去。王子見狀便故意讓賽，**裝傻扮蠢**的犯些低級錯誤，讓她一次一次進攻入球，最後他終於成功地**轉勝為敗**，向仙貝豎起了大拇指。

接着，王子帶仙貝去了城堡最高的尖塔看**滿天的星星**，他告訴她，他們身在全國最高的一點，是最接近繁星的地方了。仙貝便向天空伸長手臂，彷彿差一點便能把其中的一顆星星摘下來。

就在這個時候，天空下起雪，王子在一旁靜靜看着仙貝在**雪花紛飛**中的純真笑臉，他被感動了。

當王子想帶仙貝前去私人影院，但一走

到那個通往影院的走廊，就知大事不妙了！

他居然忘記了！那個走廊盡頭，掛着一幅他在城堡外高舉 V 字手勢的油畫，畫下標題正好寫上「王子好叻叻」。

他想拉仙貝轉身走，但仙貝已發現了！

仙貝走到油畫前，用雙手叉着腰，睄着雙眼對王子說：「請你走到畫前，擺出和油畫一樣的姿勢。」

王子只得尷尷尬尬的走過去，學着畫中的自己，展示出一個三七臉的露齒的笑容，並擺出 V 字手勢。

「為甚麼王子的樣子，會跟你一模一樣的呢？」

「哦，王子的樣子那麼普通，有人認錯了也不足為奇啊！」他像沒事似的說。

《王子好吶吶》
油彩布本

　　「原來如此啊。」仙貝見到面前的王先生和油畫中的王子簡直像**失散兄弟**，她半信半疑。

　　這時候，一陣急速的腳步聲由遠至近，一個穿着法官服的男人一邊跑過來一邊的喝

道：「親善大使，你的職階只可以在公眾樓層活動！擅闖王室的 VIP 樓層，你最少要判監三十年！」

王子避無可避，只好無奈的轉身。來者是那個從不出皇宮，不懂得用八達通的所謂財政大臣。

大臣一見是王子，本來兇猛如虎的語氣，即時溫馴如小狗：「王子，原來是你？你為甚麼要打扮成親善大使？我知道了，今晚是 cosplay 舞會對吧？」

非常好，除了對皇宮外的事一無所知，他對皇宮內的事也一無所知。

王子嗯嗯的打發了他，轉頭見仙貝乾瞪着他。

「我說對了吧，連那些大臣也把我錯認

是王子。」他哈哈笑。

仙貝乾瞪着他。

王子舉高雙手説：「好了，我投降了，我是王子。」

「為甚麼，你一直不告訴我，你是王子？」

「因為，我不想用王子那個身份跟你相處，我們已經相處得太好了。」

仙貝看到王子一張誠懇的臉，也知道他**所言非虛**。她只知道他叫王先生，他連她的名字也沒問，但彼此不也相處得開開心心嗎？

仙貝忽然想起甚麼，問他：「你是這個舞會的男主角，你要不要去招呼那些女生啊？」

王子不想隱瞞，説出了真話：「辦舞會

是父王的主意，他希望我從舞會中挑選適合的對象，但我卻沒有這種期望。每凡佳節，城堡內總是**冷冷清清**，我只想多一點熱鬧，找很多人來陪伴而已。」

仙貝點頭表示明白，她也是抵受不了一個人在家，才會找小柴一起度過，沒想過會得到這個額外的**魔法奇遇**。

「為甚麼你覺得在舞會中找不到適合的對象？」她問。

「因為——」王子苦笑一下，「對了，我帶你看一樣東西。」

王子領着她走上一層，到了一個門上雕刻着「**王子臥室**」的房間前，他打開了門，讓出身子給仙貝進去。

「我不進去了。」仙貝説。

「嗯？為甚麼？」

「我爸爸多次叮囑我，不能隨便走進男孩子的房間。」

王子欣賞這種傳統禮儀。老實說，他將來有一個女兒，他也會教導她要這樣的守禮。世上有很多好人，但壞人也真不少。男女獨處一室，女子多數也有損失。

他明白事理的點頭，「我在門外等着好了，你自己去看看吧，就掛在書架旁的牆壁上。」

「是甚麼珍貴名畫嗎？鐵塔國好像有一個叫不加思索的畫家，畫作很迷幻……是那個嗎？」她猜說。

他略有所思的說：「比起那個更珍貴得多。」

王子說得神秘兮兮，令仙貝很好奇，

她走進房間，牆上的東西，剛好被形狀突出的書架擋住了，她走過那個放了很多模型和漫畫的書架，終於，看到了牆上的東西。

她一看便呆住了，停駐在那裏，一動也不能動。

不是一幅畫，是一個放標本的框架。

框架外層以玻璃包裹着，藉以好好保護裏面夾層的物件。玻璃內的左邊釘着一個有兩個泥手印的麵包包裝紙，右邊則釘着一枚有泥痕的銀幣。

　　仙貝雙眼紅了一圈，這些只是她的一點小心意，沒想到有人會視之為**珍寶**！

　　她有點**手足無措**的走出房間，走廊前的王子也是一臉尷尬，「你現在明白，我為甚麼會對舞會的女孩完全提不起勁了吧？」

　　「你真是**傻瓜**。」她臉紅了。

　　兩人都向對方報以苦笑。

　　突然之間，城堡裏響起了**噹噹**的鐘聲，讓快樂得幾乎忘了時間的仙貝忽然驚醒起來。

　　「現在幾點了？」

　　「城堡的鐘聲，在午夜12點響起。」

　　午夜 12 點！

　　「我要走了。」

　　「那麼突然？」王子的神情

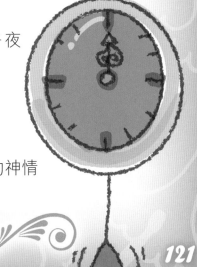

錯愕又失望，「我還沒有帶你參觀我的私人影院啊！」

她也想多留一會兒，但她答應了小柴要在午夜 12 時離開，答應了就是許下承諾，承諾就是承諾，一定得遵守。

所以，她用堅決的語氣說：「這是我答應了別人的事，答應了就必須做到。」

王子見她**一臉焦急**，也知道她非走不可，他體諒地點一下頭，帶着她由最快的捷徑離開皇宮。到了城堡外的長樓梯，他提議說：「我用皇家御用的馬車送你回家吧。」

「不用，我的馬車在等着我。」

王子追着她，乍見她那一架由全玻璃嵌製而成的馬車，那是連他都未見過的高科技，他嚇呆地猜問：「其實，你是鄰國的公主嗎？」

　　她不知如何解釋，只知不宜久留，只好咬咬牙的說：「再見了！」她用兩手拉起了裙襬，轉身走下樓梯。

　　王子追着她，在背後喊：「我們何時可以再見？」

　　仙貝不敢回頭，腳步太急的她，腳下的一隻玻璃鞋掉了出來，她想去撿，但時間實在太趕急了，她只好棄之不顧，跳上了靜候着的馬車，兩駿馬即時**奔馳**出發。

　　王子眼看玻璃馬車高速離去，轉眼便已消失不見。他頹然的拾起那隻玻璃鞋，一臉悵惘地說：「我又忘記問你的名字了！」

　　小柴撐到最後第二枝火柴了，她**急如鍋上蟻**，但甚麼也不能做，眼看火柴已燒

到她的手指頭，感覺到一陣火燒的炙痛，她才敢取出盒內最後一根火柴，放在快燒完的火柴上，吱的一聲，最後一根火柴擦亮了。

她在心裏祈禱：「仙貝姐姐，你在哪裏？快些回來吧！」火柴枝正快速地縮短，只剩下不足三分鐘了。

在趕路的仙貝，眼看着魔法慢慢地失效。一縷金圈出現在她小腿裙邊，每轉一圈，那套晚禮服就削短一截，變回她那一身女僕衣服。終於，當金圈繞到她的肩膀，一襲禮服就此消失無蹤了。

然後，玻璃馬車的頂端出現了金圈，車頂不見了，呼嘯的猛風和漫天白雪撲到仙貝身上，大事不妙了。

最後一根魔法火柴燒盡了，仙貝姐姐還

未回來，小柴只好走出門外等她，當她**引頸張望**，不見馬車，卻在飄搖的雪花中，看到一個灰色的身影慢慢步向她，在朦朧間看到一個灰色身影向她用力揮手，她終於放心的笑起來。

仙貝告訴小柴，那個馬車原來只是一個玻璃空酒樽。而兩頭駿馬就是那兩隻巨型得像貓的老鼠變身而成的！

仙貝捉起小柴的雙手，想要表示**感激**之情，沒想到小柴卻痛楚一縮，仙貝這才看到她的手指頭又紅又腫，她知道了，小柴剛才一定是希望每一根火柴也燒盡為止，為她爭取更多時間，才把自己**燙痛**了。

仙貝從已鋪上淺淺一層白雪的地上，用雙手勺起了一堆雪，輕輕敷在小柴指頭上，替

小柴舒緩燙傷。

　　「今晚的舞會，好玩嗎？」小柴問。

　　「太好玩了，謝謝你小柴，我的心願終於成真了！」

　　這一次，仙貝沒有捉起小柴的手，她把小柴直接抱進懷裏去了。

最終章

玻璃鞋粉碎了

除夕舞會之後，王子每天都**鬱鬱寡歡**，眼淚在心裏流。

國王見兒子茶飯不思，不得不找他好好談一下。走進王子臥室，只見他攤坐在大班椅上，呆看着書桌上的那一隻玻璃鞋，頭髮沒梳，**精神散渙**，樣子癡癡呆呆，要是出字幕説明，標題該是那一句「這些機會不是我的」。

「兒子，我替你再辦一個新春舞會吧，也許你會遇到更好的人。」

王子呆了十秒才作出反應，凝望着玻璃鞋説：「不用了，她已是最好的，沒有更好的

了！」

「你怎麼知道，何謂最好？」國王說：「大臣們向我報告，在兩次舞會中，你根本不讓任何人接近你啊。」

「知道我是王子，誰也對我壞不到那裏去。但既然沒有最壞，又哪有最好？」

國王想了想，兒子的話不無道理，他彷彿也真的**心有所屬**了。他嘆口氣，看看那隻閃閃發光的玻璃鞋說：「你至少知道她的名字吧？」

「我沒有問她。」

「那麼，**人海茫茫**，你要怎樣找一個人？」

王子咬咬牙，注視着玻璃鞋，對國王說：「我已經選定了她，一定要找到她為止！」

「萬一找不到呢？」

「有個女孩告訴我，去到最壞的田地，就會見到迴旋處，讓你折回好的地方去。」人生首次的，他決定為屬於自己的命運挺身而出，「萬一找不到，我會繼續找下去，那就沒有萬一！」

「你真的長大了……」國王笑笑的說：「我很高興你拒絕了我的安排，並作出了忠於自己的選擇。」

「父王，對不起，我沒有接受你好意。」

「不用道歉，努力爭取屬於自己想要的幸福，才是真正的幸福！」國王又回復了他領袖的風範，「既然你下定決心，那就事不宜遲，馬上開始吧！」

王子即時回復熱血！

　　王子尋找「玻璃鞋主人」的消息，在童話國鬧得熱烘烘，大臣和士兵們四處尋找，卻找不到可以穿下玻璃鞋的女孩。

　　這一天，大臣們找到縱橫區來了。

　　當仙貝正為做下午茶忙得不可開交，後母帶着兩姐妹偷偷闖進柴房內，大姐驚叫：「媽媽，你進來這裏幹甚麼？」

　　「你們別説蠢話了，你們知道自己危在旦夕嗎？」

　　後母搜出了那個大盒子，裏面真的只有一隻玻璃鞋，兩姐妹訝異得大呼小叫，後母哼一聲説：「皇宮要尋找玻璃鞋主人，我就猜想有可能是阿灰。」

　　大姐嘉欣非常生氣，她説：「我們一個像選美冠軍，一個像電影女主角，為甚麼會輸給這頭黑豬？」

　　後母牽着一邊嘴角笑，「誰説你們輸了？」

　　十分鐘後，仙貝回到柴房拿柴枝，準備為晚飯燒柴，沒想到一進來，躲在門後的三母女就抓住了她，兩個用麻繩縛着她，後母則用膠紙貼着仙貝的嘴巴。三母女邪惡地笑，把柴房的門上鎖了。

　　一個小時後，尋找玻璃鞋主人的大臣和十多個士兵來到了。在眾目睽睽之下，大姐嘉欣非常從容的把雪白的腳踝套入玻璃鞋內，尺寸分毫不差。

　　所有人都發出了歡呼聲，大臣興奮地宣

佈：「我們找到玻璃鞋的主人了！」

　　隨着大隊出發的衛小寶，眼看着那位漂亮得像選美冠軍的女子，順利穿上了玻璃鞋；當大家**喜氣洋洋**的時候，眼利的他卻發現了可疑的事。一個小女孩趁着大家熱鬧混亂時，偷偷繞去了後花園，於是，他靜靜地**尾隨監視**。

　　小女孩走到後花園的一個柴房門前，正在焦急弄着甚麼似的，衛小寶走到她身邊去，見她想解開一個**大鐵鎖**，滿以為她是小偷，他沉聲地問：「你在幹甚麼？」

　　小女孩給嚇了一大跳，但好像找到救兵，連忙求救：「我懷疑我的朋友被禁錮在裏面！」

　　原來這一天，小柴和仙貝相約了去超市一同掃貨，但她等到半價時段開始了，仍等不

到仙貝蹤影，聽到兩個師奶談論尋找玻璃鞋主人的軍隊會去縱橫區，她不禁擔心起來，即時去仙貝的家找她。在柴房門叫喊仙貝的名字，她隱約聽到了呼呼的踩地聲，但不知如何打開鐵鎖。

正當不知如何是好，救兵及時出現了。

衛小寶貼近門前，真的聽到裏面傳出踏地板的聲音。

於是，他助跑了半個泳池的距離，然後像個**英勇的大力士**踢開柴房的門，但他實在太大力了，門除了被踢開外，還整道甩脫飛進柴房內，真是名副其實的「破門而入」，差點壓死已經夠可憐的仙貝。

這邊廂，大臣正在殷勤的服侍着大姐嘉

欣，安排她坐上一輛高貴的馬車。士兵隊伍正準備返回城堡，一個小兵卻突然從隊伍中走出來，他看起來非常生氣。

小兵當然不是小兵，不用懷疑了，又是王子。

原來，王子不想假手於人，這幾天的尋人活動，除了衛小寶隨隊，他也偷偷跟隨着，一直假裝小士兵，一聲不響的混在軍隊裏。

雖然，那個穿到玻璃鞋的女子非常漂亮，漂亮得可以得選美冠軍，但王子明知她在裝假，只覺得她面目可憎。

終於，他真的忍無可忍了，從步兵群中走出來，到了大臣面前說：「報告大臣，我收到可靠線報，這位女子不是王子要找的人！」

大臣皺着眉，問這個戴着櫻桃小丸子圖

案口罩的小兵:「這位士兵,你工作時為甚麼要戴口罩?」

「因為我太勤奮了,傷風感冒也工作,所以才會戴口罩。」他故意咳嗽了幾聲:「請長官再檢查一遍!」

大臣看見這個小兵咳嗽不已,即時跳後幾步,免得受病菌感染。但由於被提醒了,他決定再謹慎檢查一次,下令所有回巢的馬匹停下,打開了馬車的門。

「小姐,請把玻璃鞋脫下來,我們想檢查一下。」

大姐嘉欣弄得滿頭大汗,非常勉強才脫下了鞋子,這次連大臣也看得出異樣了,他要求說:「小姐,你現在再試試穿上鞋子。」

大姐嘉欣**臉有難色**,她想勉強把腳

塞進玻璃鞋內，但已經無計可施了。

　　一小時前，後母得知「試鞋」部隊即將來到縱橫區，三人把仙貝綁起後，隨即拿着那一隻玻璃鞋，希望找到破解方法。

　　二姐柏芝先試鞋，但她的腳掌太小了，完全不合身。

　　到了大姐嘉欣試穿玻璃鞋，但她的腳掌又太大，根本塞不進去。後母深謀到甚麼似的微笑了起來，「我想到辦法了。」

　　後母利用熱脹冷縮的原理，將大姐嘉欣的一雙腳浸冰水，一邊試穿仙貝的玻璃鞋。當木桶裏放到第五個大冰塊時，大姐差點給凍僵，但她的腳掌終於順利套進鞋內了！這時，尋人大軍剛好來敲門，大姐就很從容的成功穿

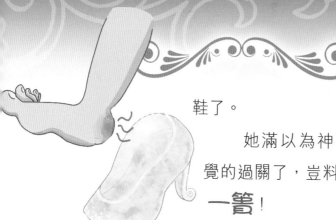

鞋了。

她滿以為神不知鬼不覺的過關了，豈料卻**功虧一簣**！

大姐怎也再穿不進玻璃鞋，得知陰謀會被揭穿，她想起母親的叮囑：「要是失敗了，就把玻璃鞋打碎！你得不到王子，也別讓阿灰得到！」試鞋中的她，故作不小心的一甩手，**玻璃鞋**從半空重重**摔落**地上，大臣和士兵們也來不及接住，鞋子已重重敲在地上，**碎片四散**。

大姐嘉欣一點也不抱歉的說：「唉啊，真不好意思啊，我**纖纖玉手**的皮膚實在太細滑了！」

王子在一旁**欲哭無淚**，他走向滿地的

玻璃碎，想到找少女的唯一希望都失去了，忍不住蹲下身來，希望撿起玻璃……可是，成千上萬塊的碎片，就算用 AA 超能膠也黏不回去了。

這時，逃出了柴房的仙貝，正好也見到玻璃鞋變玻璃碎的一幕。想到父親留給她唯一的遺物都沒有了，她沮喪地蹲下身來，無法接受眼前所見。

當王子呆望着一地玻璃碎的一刻，忽然感覺到身邊有個人也蹲了下來，一種奇怪的熟悉感傳遍全身，他想起在尼斯湖邊遇見少女的一幕。

那是兩人故事的序幕。

由出生到現在，他見過五花八門的女子，但她們都像上過淑女儀表訓練班，每個看起來

都千篇一律的**儀態萬千**和**溫文爾雅**，他從未見過有女子會粗魯得蹲下身來，這推翻了他對世上所有女子都是喬裝大師的印象。

　　由於驚訝於那少女**不顧禮儀**又**不拘小節**的性格，他當時忍不住從尼斯湖旁的大樹上跳下來了，不知不覺就走近她，在她身邊蹲下來。

　　到了這一刻，那種奇怪的熟悉感，又回來了。

　　他心跳加速，深吸一口氣，才慢慢側過臉看看身邊人，真是她。

　　王子感動地説：「我找到你了！」

　　仙貝被一把熟悉的聲音驚醒了，把她從傷心處帶回了現實，她側過臉看看身邊的人，發現不是士兵，竟然是拉下了口罩的王子！

「為甚麼你會在這裏？」

「想找到自己喜歡的人，就像要買到新鮮的水果，**不可以假手於人**，總得親自去揀選啊！」

王子微笑了，仙貝也笑了起來。

圍觀的小柴，被這一幕深深感動了，她喃喃地道：「仙貝姐姐，**祝你永遠幸福！**」

王子向大臣和士兵們表露了身份，讓大

家都嚇壞了，士兵們連忙擋在王子面前，像防蚊網一樣的保護他。王子卻用力推開兩個士兵，走到大姐嘉欣面前，向臉色早已嚇得比一頭鬼更青綠的她大興問罪。

「你犯上欺君的重罪！來人，將她一雙腳砍下來！」

大姐嘉欣嚇得雙腳發軟，即時跪了下來。後母和二姐柏芝也嚇得一同跪地求饒。仙貝大可見死不救，但她看不下去，趕緊走到她們的身邊跪下，努力地向王子求情：

「王子，我姐姐只是一時貪心，請你饒恕她吧！」

「她們對你那麼壞，你還替她們求情？」王子很詫異。

「畢竟，我們是一家人。」

　　後母和兩個姐姐聽到仙貝這句話，不禁心頭一震。回想起自己對仙貝的壞，但仙貝卻在最危難的一刻**以德報怨**，三人都愧疚得流下眼淚來。

　　王子嘆口氣，走到仙貝面前，伸出手把她拉起來。他扳着鐵板般的黑臉，嚴厲斥責跪地的三母女：「你們前世應該做了很多好事，今世才會有一位這麼善良的家人！別讓我再見到你們，在**九秒九**之內在我面前消失！」

　　後母和二姐柏芝即時站起來，但嚇到雙腳不聽使喚的大姐嘉欣，卻連站起來的氣力也沒有了，兩人一人拉着大姐的手臂，一手捧着她兩腳，**跌跌撞撞**的把她抬離現場。

　　在一旁觀看着的小柴和衛小寶，見到邪不能勝正，彼此不約而同**鬆一口氣**。

小柴說：「太好了，這真是個出乎意料的好結局。」

衛小寶卻說：「不，那是定律啊！」

「定律？」

「你知道嗎？處心積慮去參加選美的少女，永遠無法入圍。相反地，陪伴着朋友去參加選美的，總會獲獎。」

小柴對這個蠻有智慧的健碩大哥哥，不禁刮目相看，「你的話好像說得一點沒錯啊。」

「沒辦法，我自小闖蕩江湖，世事都被我看透了。」

「嗯，剛才你幫忙救出仙貝姐姐，我還沒有正式多謝你呢！對了，我叫小柴。」

衛小寶展示了各種健美的姿勢，對她說：「我叫衛小寶，要是親切一點，你也可叫我的

乳名——**海綿寶寶**。」

「嘻，你也可叫我乳名——**柴可夫 ●
司機**。」

「司機你好！」

「寶寶你好！」

一切雨過天晴，王子對仙貝開開心心地
說：「好了，我們回皇宮吧，父王等着見你。」

仙貝的神情卻有一刻猶豫，然後，她下
了甚麼決心似的說：「我有一個要求，我希望
帶同我的好朋友去皇宮。」

「好朋友？」

「就像你跟衛小寶般，像兄弟般的好朋
友。我和她**情同姊妹**。」

王子馬上便明白了。友情真的很重要。
沒有衛小寶，他在宮中大概已悶死了。所以，

他用力點頭，答允了她這個合理的要求。

　　仙貝高興的跑到小柴面前，小柴滿以為她前來道別。卻沒想到，她一手便挽起小柴的手臂，拉着她走向王子。

　　「發生甚麼事了？」

　　「不是説好了嗎？有甚麼好事壞事，我們都在一起的啊！」

　　仙貝向小柴單單眼，小柴難以置信的傻笑起來了。

　　後來，仙貝在皇宮裏做了很多好事，其中一件最為人津津樂道的，就是勸服教育大臣推行九年免費教育，讓童話國每個孩童都有讀書機會。

　　小柴父親繼續醉心發明，若干日子後，

他將火柴、打火石和油燈結合，發明了一種叫「**打火機**」的東西，一開始無人問津，大家也懷疑是甚麼恐怖巫術。直至小柴替父親想到了速銷方法，只要買滿五盒火柴就贈送一個打火機，很多人貪小便宜去購買，用後又覺得非常方便，不肯再用火柴了。

最後，小柴家裏本來要賣 400 年的火柴，在 40 天內賣光，打火機也搶購一空，**賺得盤滿缽滿**。但他沒有放棄發明的工作，希望做更多造福人類的事。在接下來的日子，打火機正式取代了火柴，童話國也再沒有一個會凍死在路邊的賣火柴女孩了。

在一個和暖的夕陽時分，王子和仙貝又走去尼斯湖餵魚。在樹下舉着啞鈴的衛小寶，

眺望在湖邊雙雙蹲着的王子和仙貝。

　　平日在皇宮內勤奮學習鋼琴，也嘗試填寫歌譜，希望有日可以自編自彈的小柴，在衛小寶身邊咬着鉛筆頭，也看着夕照下兩個依偎着的身影笑了。

　　這時候，王子把麵包屑用力拋到距離湖邊較遠的湖中，讓被很多尾大魚排擠在外，根本游不過來的一群烏龜，也有機會共享。

　　仙貝笑盈盈地說：「你的英雄感發作，又要英雄救美啦！」

　　他忍不住說：「我記得你不是曾說過英雄救美的故事都是假的嗎？但我好像救了你啊！」

　　「我『美』嗎？」仙貝失笑起來，老實地說：「比我美麗的人實在太多了，我『美』

在哪裏？」

「滿街滿巷都是外貌美麗的人。」王子按着自己心房的位置，凝望着仙貝，像宣誓似的真心真意地説：「可是，真正的美麗，從肉眼看不出來，必須經過彼此相處才能感受得到。而且不受時間限制，也不會有變老變醜的一天。」

仙貝心甜起來，讚許地説：「好啦，你也説得通！」

「我贏了！好感動喲！」王子用手掩着嘴巴，不禁眼眶泛淚。

「偶然也要給你一點甜頭的啦，嘿！」仙貝向他單一下眼。

兩人高興地相擁，從此過着幸福快樂的日子。

書　　名　飛越童話國1：當灰姑娘遇上賣火柴的女孩

作　　者　梁望峯

插　　圖　小婭、郁子

責任編輯　王穎嫻

美術編輯　郭志民

協　　力　林碧琪　Key

出　　版　小天地出版社（天地圖書附屬公司）
　　　　　香港黃竹坑道46號新興工業大廈11樓（總寫字樓）
　　　　　電話：2528 3671　　　傳真：2865 2609
　　　　　香港灣仔莊士敦道30號地庫（門市部）
　　　　　電話：2865 0708　　　傳真：2861 1541

印　　刷　亨泰印刷有限公司
　　　　　柴灣利眾街德景工業大廈10字樓
　　　　　電話：2896 3687　　　傳真：2558 1902

發　　行　香港聯合書刊物流有限公司
　　　　　香港新界荃灣德士古道220-248號荃灣工業中心16樓
　　　　　電話：2150 2100　　　傳真：2407 3062

出版日期　2021年7月初版·香港